Edith Wharton

La Sonnette de Madame

Texte et illustration de couverture : © domaine public
Edition : Culturea (Hérault, 34)
Contact : infos@culturea.fr
Retrouvez notre catalogue sur http://culturea.fr
Imprimé en Allemagne par Books on Demand
Design typographique : Derek Murphy
Layout : Reedsy (https://reedsy.com/)

Dépôt légal : janvier 2023

ISBN : 9791041916641

Table des matières

Chapitre I

C'était l'automne d'après ma typhoïde. J'avais passé trois mois à l'hôpital ; et lorsque j'en étais sortie, je paraissais si faible, si chancelante que les deux ou trois dames à qui je m'étais présentée avaient hésité à m'engager. Il ne me restait presque plus d'argent, et après avoir vécu deux mois dans une pension de famille, m'être pendue aux sonnettes des bureaux de placement et avoir répondu à toutes les petites annonces qui me paraissaient sérieuses, je me sentis profondément découragée, car tous ces soucis ne m'avaient pas laissé le loisir de reprendre du poids, et je ne voyais aucune raison pour que la chance tournât à mon avantage. Elle le fit tout de même, – c'est du moins ce que j'ai pensé sur le moment. Une certaine Mme Railton, amie de la dame qui m'avait amenée aux États-unis pour la première fois, me rencontra un jour dans la rue et m'arrêta pour me parler : c'était une personne qui avait toujours été fort gentille avec moi. Elle me demanda comment il se faisait que je paraissais si fatiguée, pourquoi j'étais si pâle, et je le lui dis.

– Mon Dieu ! s'exclama-t-elle. Je crois bien que j'ai la place qu'il vous faut, mademoiselle Hartley. Venez donc me voir demain matin, et nous en parlerons.

Le lendemain, quand je l'allai voir, elle m'apprit que la dame à laquelle elle avait pensé pour moi était sa propre nièce, Mme Brympton, qu'elle était encore jeune mais que, de santé délicate, elle vivait toute l'année dans sa maison de campagne proche de l'Hudson, car il lui était impossible de supporter les fatigues de la ville.

– Maintenant, mademoiselle Hartley, dit Mme Railton – de ce ton optimiste qui m'inclinait toujours à penser que les choses devaient nécessairement finir par s'arranger, – maintenant, comprenez-moi bien : ce n'est pas un endroit très gai que celui où je vous envoie. La maison est grande et quelque peu mélancolique ; ma nièce est hypersensible, sujette aux vapeurs ; son mari... eh bien, disons qu'il est généralement absent. Leurs deux enfants sont morts. Il y a un an, j'aurais eu scrupule à envoyer une jeune personne aussi enjouée, aussi active que vous l'étiez s'enterrer dans un pareil sépulcre ; mais vous n'êtes plus tellement brillante, n'est-ce pas ? Alors une place tranquille comme celle-là, avec le bon air de la campagne, une nourriture saine et abondante, un horaire de travail des plus raisonnables, tout cela me paraît devoir vous convenir parfaitement. Non, n'allez pas vous faire des idées – ajouta-t-elle en voyant que je n'avais pas l'air très enthousiaste, – ce ne sera pas aussi triste que vous l'imaginez, et vous n'y serez point malheureuse. Ma nièce est un ange. Sa dernière femme de chambre, morte au printemps dernier et qui l'a servie pendant vingt ans, baisait, comme on dit, la trace de ses pas. C'est une excellente maîtresse à tous égards, et vous n'ignorez pas que lorsque la maîtresse est aimable, le personnel est généralement de bonne humeur, de sorte que vous vous entendrez probablement fort bien avec le reste de la domesticité. Et puis vous êtes exactement la femme qu'il faut à ma nièce : calme, bien élevée, et d'une éducation au-dessus de votre condition. Vous lisez très bien à haute voix, je pense ? Parfait, c'est une bonne chose ; ma nièce adore qu'on lui fasse la lecture. Elle a surtout besoin d'une femme de chambre qui soit aussi un peu dame de compagnie : sa dernière l'était, et je ne saurais vous dire combien elle l'a regrettée. Bien sûr, c'est une vie assez solitaire... Alors, que décidez-vous ?

– À vrai dire, madame, la solitude ne me fait pas peur.

– Parfait ! Partez donc, ma nièce vous engagera sur ma recommandation. Je vais lui télégraphier immédiatement, et vous pourrez prendre le train de l'après-midi. Elle n'a présentement personne pour s'occuper d'elle ; et plus tôt vous partirez, mieux cela vaudra.

J'étais évidemment prête à partir, mais quelque chose semblait vouloir me retenir, aussi demandai-je pour gagner du temps :

– Et Monsieur, madame ?

– Monsieur est presque toujours absent, répondit vivement Mme Railton, et quand il est là – ajouta-t-elle tout à trac, – il vaut mieux ne pas se trouver sur son chemin.

Je pris donc le train de l'après-midi, et je descendis à la petite gare de D... vers les quatre heures. Un cocher m'y attendait avec un *dog-cart,* et nous partîmes aussitôt à bonne allure. C'était une triste journée d'octobre, la pluie menaçait sous un ciel bas, et quand nous franchîmes la grille du parc de Brympton Place, il faisait déjà fort sombre. Nous roulâmes sous bois pendant un mille ou deux, au bout desquels nous débouchâmes dans une cour crissante de gravier et que ceinturaient des bosquets d'arbustes qui me parurent noirs. Je ne vis point de lumière aux fenêtres, et la maison me *sembla* un peu triste.

Je n'avais posé aucune question au cocher, car je ne suis pas de ces filles qui se renseignent sur leurs nouveaux maîtres auprès des autres domestiques : je préfère attendre et me faire une opinion personnelle. Mais j'avais toutefois l'impression, après un premier coup d'œil, que je ne pouvais guère tomber dans une meilleure maison, et tout m'y semblait respirer la plus large aisance. La cuisinière, une femme au visage réjoui, m'accueillit à l'entrée de service et appela une servante, une nommée Agnès, pour me faire conduire à la chambre qui m'était réservée.

– Madame vous verra plus tard, me dit-elle. Elle a de la visite.

Quoique je n'eusse point imaginé que Mme Brympton puisse recevoir beaucoup de visites, ces mots me ragaillardirent. Je montai l'escalier derrière la servante et constatai, en passant au premier étage devant une porte ouverte, que la maison semblait fort bien meublée et que les boiseries noires abondaient, comme aussi les vieux portraits de famille. Une seconde volée de marches menait à l'étage des domestiques. Il y faisait alors presque nuit, et Agnès s'excusa de n'avoir pas pris de bougie.

– Mais vous trouverez des allumettes dans votre chambre, dit-elle. En attendant, faites attention, il y a une marche au bout du couloir juste avant d'arriver à votre chambre.

Tandis qu'elle parlait, je regardais devant moi, et quand nous arrivâmes à mi-chemin du couloir, je vis une femme qui s'y tenait debout. Elle se dissimula aussitôt dans l'encoignure d'une porte, et Agnès ne parut pas l'avoir remarquée. C'était une grande femme mince, à la figure pâle, avec une robe sombre et un tablier. Je la pris pour la gouvernante et m'étonnai qu'elle ne nous parlât point ; elle se contenta de me regarder intensément pendant que nous passions devant elle. Ma chambre s'ouvrait au bout du couloir sur une sorte de grand carré. Une porte lui faisait face, qui n'était pas fermée. Agnès bondit :

– Voilà que Mme Blinder a encore laissé cette porte ouverte ! s'exclama-t-elle en la refermant.

– C'est la gouvernante ?

– Non, il n'y a pas de gouvernante ici. C'est la cuisinière qui s'appelle Mme Blinder.

– Et c'est sa chambre ?

– Seigneur, non ! dit Agnès avec un semblant d'irritation. Ce n'est la chambre de personne. Je veux dire qu'elle est inoccupée, et sa porte ne devrait pas être ouverte. Madame veut même qu'elle soit fermée à clef.

Là-dessus, elle ouvrit ma propre porte et me fit entrer dans une pièce fort bien tenue, gentiment meublée et où se voyaient deux ou trois tableaux. Puis, ayant allumé une bougie, elle me laissa en me disant que le thé de la domesticité se prenait à six heures à l'office et que Mme Brympton me verrait aussitôt après.

Je la rejoignis donc à l'office, et nous y bûmes gaiement notre thé. Je compris à certaines allusions des autres domestiques que, comme me l'avait dit Mme Railton, Mme Brympton était bien la meilleure des maîtresses, encore que je fusse plutôt distraite tant je guettais l'entrée de la grande femme pâle en robe sombre. Elle ne parut point. Si elle n'était pas la gouvernante, qui pouvait-elle bien être ? Brusquement il me vint à l'idée que c'était peut-être une garde-malade et qu'à ce titre le thé et ses repas devaient lui être servis dans sa chambre. Si la santé de Mme Brympton laissait à désirer, il était tout naturel qu'elle eût une garde-malade. Je dois dire que cette éventualité ne m'enchantait guère, car ces sortes de femmes sont généralement d'un commerce difficile. Si j'avais su cela, je n'aurais sûrement pas accepté cette place. Mais puisque c'était fait, il était bien inutile de revenir là-dessus ; et comme je ne suis pas de celles qui posent des questions, j'attendis de voir comment les choses allaient tourner.

Quand nous eûmes achevé de prendre le thé, Agnès demanda au valet de chambre si M. Ranford était parti et, sur sa réponse affirmative, elle me dit de la suivre ; elle allait me présenter à Mme Brympton.

Celle-ci nous reçut dans sa chambre. Elle était étendue sur une chaise longue, devant un bon feu de cheminée, et lisait un livre à la clarté tamisée d'une lampe à abat-jour. C'était une assez jeune femme d'aspect fragile ; et lorsqu'elle me sourit, je sus qu'il n'était rien que je ne pourrais faire pour elle. Elle parlait fort aimablement, presque à voix basse, et me demanda mon nom, mon âge et tout ce qui s'ensuit, si j'avais bien tout ce qu'il me fallait et si je ne craignais pas de me sentir un peu perdue dans un pareil trou de campagne.

– Oh ! non, pas avec vous, Madame, dis-je.

Et je m'étonnai aussitôt d'avoir dit cela, car je n'ai rien d'une impulsive : c'était un peu comme si j'avais pensé tout haut.

Ma réponse parut lui faire plaisir, et elle me dit qu'elle espérait bien que je ne changerais pas d'avis. Puis elle me donna quelques instructions concernant sa toilette et ajouta qu'Agnès me montrerait le lendemain où se trouvait tout ce dont je pourrais avoir besoin pour mon service.

– Je suis un peu fatiguée ce soir, conclut-elle, et je dînerai dans ma chambre. Agnès va m'apporter un plateau, de sorte que vous aurez le temps de défaire vos bagages et de vous installer. Vous viendrez m'aider à me déshabiller un peu plus tard.

– Très bien, répondis-je. Je suppose que Madame me sonnera ?

Il me sembla qu'elle avait l'air bizarre.

– Non... Agnès ira vous chercher, dit-elle vivement. Puis elle reprit son livre.

Voilà qui était étrange : me faire appeler par une servante quand elle avait besoin de moi, plutôt que de me sonner ! Je pensai qu'il n'y avait peut-être pas de sonnettes dans la maison ; mais je constatai avec satisfaction, le lendemain, qu'il y en avait une dans chaque pièce et que celle de ma chambre aboutissait directement chez ma maîtresse. Aussi me parut-il vraiment bizarre que Madame sonnât Agnès, quand elle désirait me voir, et l'obligeât à traverser tout l'étage des domestiques pour venir me chercher.

Mais ce n'était point là la seule étrangeté de la maison. Je découvris dès le lendemain que Madame n'avait pas de garde-malade ; et je demandai à Agnès qui pouvait bien être cette femme que j'avais vue, la veille au soir, dans le couloir. Elle me répondit qu'elle n'avait vu personne, et je devinai qu'elle pensait que j'avais dû rêver. Je sais bien que ce couloir était fort sombre, et qu'Agnès s'était même excusée de n'avoir pas pris de bougie, mais j'avais cependant suffisamment vu cette femme pour pouvoir la reconnaître s'il m'était donné de la rencontrer de nouveau. Je me dis que ce devait être une amie de la cuisinière ou de quelque servante, qu'elle était peut-être venue de la ville pour passer la soirée avec elles, qui ne tenaient pas à ce que cela se sache. Certaines maîtresses de maison sont en effet très strictes sur ce point et s'opposent absolument à ce que des amis de leurs domestiques passent la nuit sous leur toit. De toute façon, je décidai de ne plus poser de questions.

Un ou deux jours plus tard, je découvris de nouveau quelque chose de bizarre. Je bavardais un après-midi avec Mme Blinder, qui me témoignait de la sympathie et était à Brympton Place depuis plus longtemps que les autres domestiques. Elle me demanda si j'étais contente d'être là et si j'avais bien tout le nécessaire. Je lui dis que je n'avais à me plaindre ni de ma place ni de Madame, mais que je trouvais curieux qu'il n'y eût point, dans une aussi grande maison, de lingerie où j'aurais pu coudre.

– Mais, dit-elle, il y en a une : c'est votre chambre. Oui, c'est l'ancienne lingerie.

– Oh ! m'étonnai-je, mais où couchait donc l'autre femme de chambre alors ?

Elle se troubla et me répondit vivement que les chambres des domestiques ayant été redistribuées l'année d'avant, elle ne s'en souvenait pas très bien.

Cela me parut singulier, mais je n'en laissai rien paraître.

– Ça ne fait rien, repris-je. D'autant qu'il y a une pièce inoccupée juste en face de la chambre et que je me propose de demander à Madame la permission de l'utiliser comme lingerie.

À mon grand étonnement, Mme Blinder pâlit brusquement et me pressa convulsivement la main.

– Ne faites surtout pas cela, ma chère, me dit-elle en tremblant. Pour tout vous dire, c'était la chambre d'Emma Saxon, et Madame n'a plus jamais voulu qu'on l'ouvre depuis qu'elle y est morte.

– Qui était-ce cette Emma Saxon ?

– L'ancienne femme de chambre de Madame.

– Celle qui l'a servie pendant tant d'années ? demandai-je, me souvenant de ce que Mme Railton m'avait dit.

Mme Blinder acquiesça d'un signe de tête.

– Quel genre de femme était-ce ?

— Il n'y avait pas meilleure au monde, dit Mme Blinder. Madame l'aimait comme une sœur.

— Je voulais dire... Comment était-elle physiquement ?

Mme Blinder se leva et me regarda avec un rien d'irritation.

— Je ne suis pas très forte pour les descriptions, dit-elle. Et je crois bien que ma pâtisserie brûle.

Là-dessus elle entra dans sa cuisine et referma la porte derrière elle.

Chapitre II

Il y avait déjà près d'une semaine que j'étais à Brympton Place quand je vis Monsieur pour la première fois. Un après-midi le bruit courut qu'il était de retour, et l'humeur des domestiques s'en ressentit aussitôt. Bien évidemment l'office ne l'aimait pas. Mme Blinder soigna tout spécialement le dîner de ce soir-là, mais elle morigéna la fille de cuisine d'une façon qui n'était pas dans sa nature. Quant à M. Wace, le maître d'hôtel, il fit son service avec une mine d'enterrement. Grand lecteur de la Bible, il disposait en tant que tel d'un choix superbe de citations et d'épithètes ; mais ce soir-là, il usa d'un langage si épouvantable que j'étais sur le point de me lever de table, lorsqu'il affirma qu'il avait tiré tout cela du prophète Isaïe. Je ne devais pas tarder à remarquer qu'à chacun des retours de M. Brympton, et quel qu'en fût le jour, M. Wace avait toujours recours aux prophètes.

Vers les sept heures du soir, Agnès vint me dire que Madame me réclamait. Je me rendis aussitôt dans sa chambre, et j'y trouvai Monsieur debout devant la cheminée. C'était un grand blond, avec un cou de taureau, un visage haut en couleur et de petits yeux bleus méchants : tout à fait le genre d'individu qu'une jeune bêtasse aurait sûrement trouvé bel homme, mais pas moi, même si l'on m'avait payée très cher.

Il se retourna en m'entendant entrer et me dévisagea l'espace d'une seconde. Je savais ce qu'un tel regard voulait dire pour en avoir fait une ou deux fois l'expérience dans mes précédentes places. Puis il me tourna le dos et se remit à causer avec sa femme ; mais *cela* aussi je savais ce que ça signifiait. Je n'étais pas son genre de gibier. La typhoïde venait de me rendre un fier service : elle m'évitait d'avoir à me défendre des avances de ce bellâtre.

— C'est Mlle Hartley, ma nouvelle femme de chambre, dit gentiment Madame.

Il acquiesça d'un bref signe de tête et poursuivit sa conversation. Puis il quitta la pièce, au bout d'une minute, afin de laisser Madame s'habiller pour le dîner. Je remarquai en l'aidant qu'elle était très pâle et qu'elle frissonnait quand ma main l'effleurait.

M. Brympton repartit le lendemain, et toute la maisonnée poussa un profond soupir de soulagement. Quant à Madame, elle mit son chapeau, ses fourrures (c'était une très belle matinée d'hiver) et sortit faire une promenade dans le parc. Lorsqu'elle rentra, son visage me parut si frais, si éclatant, qu'avant qu'il ne redevienne au bout d'une minute tel qu'il était ordinairement, il me fut loisible d'imaginer quelle jolie jeune femme elle avait dû être il n'y avait pas si longtemps.

Elle avait rencontré M. Ranford dans le parc, et ils revinrent ensemble — je les revois encore — bavardant et riant tout au long de la terrasse qui se trouvait sous ma fenêtre. Ce fut la première fois que je vis M. Ranford, bien que j'eusse souvent entendu parler de lui à l'office. Je savais ainsi que c'était un voisin, qu'il habitait à un mille ou deux, à la sortie du village, et que, du fait qu'il avait coutume d'y passer tous ses hivers, il était l'unique compagnie de Madame durant cette saison. C'était un grand jeune homme mince d'environ trente ans, et que je trouvai plutôt mélancolique jusqu'à ce que je visse son sourire, lequel était assez surprenant et me fit penser, je ne sais trop pourquoi, aux bouffées de chaleur des premiers beaux jours de printemps. J'appris qu'il était aussi grand liseur que Madame l'était, que tous deux passaient leur temps à se prêter des livres et que M. Ranford (comme me le dit M. Wace) faisait même quelquefois une bonne heure de lecture à ma maîtresse, dans la grande bibliothèque sombre où ils se tenaient souvent durant l'après-midi. Toute la domesticité l'aimait beaucoup, et cela a peut-être bien plus d'importance que les maîtres ne le pensent. Il avait un mot aimable pour chacun, et nous étions ravis qu'un homme aussi sociable, plaisant et distingué tînt compagnie à Madame pendant les absences de son mari. Au reste, M. Ranford paraissait être également en excellents termes avec M. Brympton, mais je m'étonnais tout de même que deux hommes à ce point dissemblables pussent s'entendre si bien. Il est vrai que, quand il le faut, un homme de qualité sait toujours commander à ses sentiments.

Pour ce qui était de Monsieur, il allait et venait, ne restait jamais plus d'un jour ou deux, maudissant l'ennui et la solitude, grognant contre tout et tous et (ainsi que je devais bientôt le découvrir) buvant plus que de raison. Quand Madame se levait de table, il y demeurait assis et passait là une bonne partie de la nuit à boire le madère et le porto de la vieille réserve de Brympton Place. Un soir que j'avais quitté la chambre de ma maîtresse plus tard que de coutume, je le croisai montant l'escalier dans un tel état d'ébriété que je plaignis de tout mon cœur les femmes qui doivent endurer de pareilles choses et n'en jamais rien dire.

Les autres domestiques ne parlaient guère de Monsieur ; mais du peu qu'ils en disaient, je compris qu'il était mal marié, ou plutôt que leur union, à Madame et à lui, n'était point heureuse. M. Brympton était commun, grossier, bruyant et jouisseur, alors que sa femme était calme, distinguée, réservée et peut-être même un peu froide. Malgré cela, elle lui parlait toujours aimablement ; et je la trouvais on ne peut plus patiente avec lui, quoique pour un homme aussi désinvolte, aussi sans façon que l'était Monsieur, elle me semblât quelque peu distante.

Les choses continuèrent d'aller calmement leur petit train-train durant plusieurs semaines. Madame était gentille avec moi, mon travail pas trop fatigant, et je m'entendais fort bien avec les autres domestiques. Bref, je n'avais aucun sujet de me plaindre ; mais j'étais toujours comme oppressée. Je ne saurais dire à quoi cela tenait, mais j'étais sûre que l'isolement n'avait rien à voir là-dedans. Je m'y étais habituée très vite ; et, du fait de ma convalescence, je ne pouvais que me louer de la tranquillité qui était la mienne et du bon air que je respirais. Malgré cela, je ne me sentais pas vraiment à mon aise. Sachant que je relevais de maladie, Madame insistait beaucoup pour que je fasse régulièrement des promenades, et elle allait même souvent jusqu'à m'inventer des courses à faire : un mètre de ruban à acheter au village, une lettre à poster ou bien encore un livre à rapporter à M. Ranford. Dès que j'étais dehors, j'avais meilleur moral ; et je me réjouissais à l'idée de traverser le bois dénudé et qui sentait bon la terre humide, mais à l'instant que je revoyais la maison le cœur me manquait presque. Ce n'était pas qu'elle fût vraiment triste ; pourtant à chaque fois que j'en franchissais le seuil, les idées noires m'y assaillaient.

Madame ne sortit guère de tout l'hiver, à l'exception de quelques rares beaux jours qui la virent se promener longuement à midi sur la terrasse du sud. Il n'y eut jamais d'autres visiteurs que M. Ranford et le docteur qui venait en voiture de D..., une fois la semaine ou presque. Il m'envoya chercher une ou deux fois afin de me donner des instructions au sujet de Madame ; et bien qu'il ne m'ait jamais dit de quoi elle souffrait, j'ai souvent pensé – à voir le teint qu'elle avait parfois le matin – qu'elle devait être atteinte d'une maladie de cœur. Le temps était humide et malsain, et janvier nous amena une longue période de pluie. Ce furent là des moments bien pénibles pour moi, car je ne pouvais pas sortir. Passant toutes mes journées assise à coudre et à écouter la pluie tomber goutte à goutte du rebord du toit, je devins si nerveuse que le moindre bruit me faisait sursauter. Au surplus, la pensée de cette chambre fermée de l'autre côté du couloir commençait à me peser. Une ou deux fois, durant les longues nuits de pluie, je m'imaginai y entendre du bruit ; mais c'était évidemment absurde, et la lumière du jour parvenait à chasser cette inquiétante idée fixe.

Bref, un matin Madame me causa un réel plaisir en me disant qu'elle désirait que j'aille à la ville pour y faire des emplettes. Je ne savais pas jusqu'à cet instant combien mon moral était bas. Je partis toute joyeuse, et à peine avais-je vu les rues pleines de monde et les vitrines si joliment attrayantes que tous mes soucis s'envolèrent d'un coup. Toutefois, dans l'après-midi, le bruit et l'animation commencèrent à me fatiguer ; et je me mis à penser au calme de Brympton Place et au plaisir que j'aurais à rouler vers la maison à travers les bois sombres, quand je me trouvai nez à nez avec une vieille connaissance, une femme de chambre avec qui j'avais été en place. Cela faisait déjà quelques années que nous nous étions perdues de vue, et il me fallait la retenir et lui raconter tout ce qui m'était arrivé depuis notre dernière rencontre. Quand je lui eus dit où j'étais alors placée, elle ouvrit de grands yeux et fit la grimace :

– Quoi ! vous voulez parler de cette Mme Brympton qui vit toute l'année dans sa maison près de l'Hudson ? Mais, ma chère, vous n'y resterez pas trois mois.

– Oh ! la campagne ne me fait pas peur, répondis-je quelque peu vexée du ton qu'elle avait pris. Depuis ma typhoïde, je suis bien contente d'être aussi tranquille.

Mon amie hocha la tête :

– Ce n'est pas à la campagne que je pensais. Tout ce que je sais, c'est qu'elle a eu quatre femmes de chambre ces six derniers mois ; et celle qui était à Brympton Place juste avant vous – c'est une de mes amies – m'a dit que personne ne pouvait rester dans une pareille maison.

– Vous a-t-elle dit pourquoi ? demandai-je.

– Non... Elle n'a pas voulu me donner ses raisons. Mais elle m'a dit : Madame Ansey, si jamais une jeune femme de votre connaissance parle d'aller là-bas, dites-lui que ce n'est pas la peine qu'elle défasse ses malles.

– Est-elle jeune et jolie ? demandai-je en pensant à M. Brympton.

– Oh ! non. Elle est plutôt de celles que les mères engagent quand elles ont pour fils de grands polissons de collégiens.

Bien que je la connusse pour aimer les commérages, ce qu'elle venait de me dire ne laissa pas de m'impressionner, et je me repris à broyer du noir cependant que je faisais route vers Brympton Place à la tombée de la nuit. Il y *avait* quelque chose qui n'allait pas dans cette maison, – j'en avais maintenant la certitude.

J'appris en prenant le thé que Monsieur était de retour, et je vis au premier coup d'œil qu'il s'était passé quelque chose. La main de Mme Blinder tremblait si fort qu'elle n'arrivait pas à servir le thé, et M. Wace citait d'abondance les textes sacrés les plus terribles et les plus virulents. Mais personne n'osa rien me dire ; toutefois, quand je montai à ma chambre, Mme Blinder m'y suivit.

– Oh ! chère mademoiselle Hartley, dit-elle en me pressant la main, si vous saviez combien je suis heureuse que vous soyez revenue, combien je vous en suis reconnaissante !

Ces mots me frappèrent plus que je ne saurais dire.

– Comment, m'exclamai-je, vous pensiez donc que j'étais partie pour de bon ?

– Non, non, bien sûr, dit-elle un peu confuse, mais je ne peux supporter de voir Madame demeurer seule toute une journée. (Elle me pressa de nouveau la main et ajouta :) Oh ! mademoiselle Hartley, soyez bonne pour votre maîtresse comme une vraie chrétienne que vous êtes.

Puis elle se sauva, cependant que je la regardais avec étonnement.

Un peu plus tard, Agnès vint m'appeler pour aller chez Madame. En entendant la voix de son mari alors que j'approchai de sa porte, je préférai passer par le cabinet de toilette pensant en profiter pour y prendre sa robe de dîner, avant d'entrer dans sa chambre. Le cabinet était une grande pièce avec une fenêtre qui s'ouvrait au-dessus de la terrasse qui donnait sur le parc. Les appartements de M. Brympton se trouvaient de l'autre côté. Quand j'entrai, la porte qui communiquait avec la chambre était entrebâillée et j'entendis que Monsieur disait avec colère :

– On pourrait croire que c'est la seule personne que vous jugiez digne de vous tenir compagnie.

– C'est que c'est l'hiver et que je n'ai pas tellement le choix, répondit calmement Madame.

– Vous *m'avez* ! lança sarcastiquement M. Brympton.

– Vous êtes si rarement là, dit Madame.

– Ouais ! À qui la faute ? Vous avez fait de cette maison quelque chose d'aussi joyeux qu'un caveau de famille...

Craignant que cela ne finît mal, je fis du bruit en déplaçant des objets de toilette afin de signaler ma présence à Madame. Elle se leva et vint me dire d'entrer.

Monsieur et Madame dînèrent en tête-à-tête comme à l'accoutumée ; et je compris à l'attitude de M. Wace, quand nous dînâmes à notre tour, que les choses avaient dû mal aller. Les citations des prophètes furent plus épouvantables que jamais et impressionnèrent tellement la fille de cuisine qu'elle déclara qu'elle n'irait point porter seule la viande froide à la glacière. J'étais moi-même très nerveuse ; et après avoir couché Madame, je fus presque tentée de redescendre pour demander à Mme Blinder de bien vouloir me tenir compagnie un moment en jouant aux cartes avec moi. Mais en l'entendant refermer sa porte, je compris qu'elle était déjà montée et gagnai ma chambre à mon tour. La pluie s'était remise à tomber, et il me semblait que chacune de ses gouttes me vrillait le crâne. Je demeurai éveillée à l'écouter, tout en tournant et retournant dans ma tête ce que m'avait dit l'amie que j'avais rencontrée à la ville. Ce qui m'intriguait le plus, c'est que c'étaient toujours les femmes de chambre qui partaient...

Je finis cependant par m'endormir, mais un bruit retentissant me réveilla d'un coup. Ma sonnette venait de sonner. Je m'assis dans mon lit, terrifiée par cette sonnerie anormale que les ténèbres paraissaient amplifier encore. Mes mains tremblaient tellement que je n'arrivais pas à trouver mes allumettes. Je parvins tout de même à donner de la lumière, et je sautai à bas du lit. Je commençais à penser que j'avais dû rêver ; mais en jetant un coup d'œil du côté du mur, je vis que le petit battant de la sonnette continuait de vibrer doucement.

Je venais tout juste de commencer à m'habiller quand je perçus un autre bruit. Cette fois, c'était la porte fermée à clef de la chambre d'en face qui s'ouvrait et se refermait furtivement. Puis j'entendis des pas qui se hâtaient au long du couloir vers l'étage des maîtres. Malgré que le tapis qui recouvrait le parquet les amortît sensiblement, j'étais sûre que c'étaient des pas de femme. Ce bruit me fit frissonner, et je demeurai une minute ou deux sans respirer ni bouger. Mais il me fallait me reprendre.

« Alice, me dis-je, quelqu'un vient de sortir de cette chambre et t'a devancée. Je t'accorde que cela n'est pas drôle, mais le fait est là. Madame t'a sonnée, et tu te dois de prendre le même chemin que cette femme pour répondre à son appel. »

C'est ce que je fis. Je n'ai jamais marché aussi vite de ma vie, ce qui ne m'empêchait pas de penser que je ne pourrais jamais atteindre le bout du couloir non plus que la chambre de ma maîtresse. Je ne vis ni n'entendis rien sur mon chemin : c'étaient et les ténèbres et la paix du tombeau. Quand enfin j'atteignis la porte de Madame, le silence était si profond que je commençais à croire que j'étais en train de rêver et que je fus presque tentée de revenir sur mes pas. Mais la panique me saisit, et je frappai.

On ne me répondit pas. Je frappai de nouveau, et plus fort. La porte s'ouvrit, et je vis avec stupéfaction que c'était M. Brympton qui se tenait derrière. En me voyant, il eut un sursaut et se recula. À la lueur de ma bougie, son visage me parut furieux et cramoisi.

– Vous aussi ! s'exclama-t-il d'un ton bizarre. Bon Dieu ! combien êtes-vous donc ici cette nuit ?

À ces mots, je sentis le parquet vaciller sous mes pieds ; mais je pensai qu'il avait dû boire et dis le plus calmement que je pus :

– Puis-je entrer, monsieur ? Madame m'a sonnée.

– Pour ce que ça me fait, répliqua-t-il, vous pouvez bien toutes entrer.

Puis, m'écartant d'un geste, il traversa le palier en direction de sa propre chambre. Je le suivis du regard tandis qu'il s'éloignait et, à ma grande surprise, je vis qu'il marchait aussi droit qu'un homme qui n'aurait pas bu.

Je trouvai Madame couchée, visiblement très faible, mais aussi très calme. Elle se força à sourire en me voyant et me fit signe de lui donner quelques gouttes d'une de ses potions. Puis elle s'allongea de nouveau, sans rien dire, ferma les yeux et reprit son souffle.

Soudain, elle étendit la main et sembla chercher quelqu'un ou quelque chose à tâtons.

– *Emma,* appela-t-elle faiblement.

– C'est Alice, Alice Hartley, Madame, dis-je. Avez-vous besoin de quelque chose ?

Elle ouvrit ses yeux tout grands, sursauta et me regarda d'un air étonné.

– Je rêvais, murmura-t-elle. Laissez-moi maintenant, Alice. Je vous remercie de tout cœur. Vous voyez, c'est passé, je vais mieux.

Et elle me tourna le dos.

Chapitre III

Je ne fermai pas l'œil de la nuit, et ce fut avec soulagement que je vis arriver le matin.

Bientôt après, Agnès vint me dire que Madame me réclamait. J'eus peur qu'elle ne fût encore souffrante, car il était rare qu'elle m'envoyât chercher avant neuf heures. Je la trouvai assise dans son lit, pâle, les traits tirés, bien sûr, mais telle qu'elle était d'ordinaire.

– Alice, me dit-elle vivement, voudriez-vous vous habiller tout de suite et aller jusqu'au village ? Il faudrait que cette ordonnance soit exécutée au plus tôt, et... (elle hésita et rougit un peu) j'aimerais que vous soyez de retour avant que Monsieur ne se lève.

– Entendu, Madame, répondis-je.

– Et... attendez un instant... (elle me rappela comme si une idée venait subitement de lui traverser l'esprit) pendant qu'on vous préparera la potion, allez donc porter ce mot chez M. Ranford.

Il y avait deux milles de Brympton Place au village, et cependant que je m'y rendais j'eus tout loisir de tourner et de retourner pas mal d'idées dans ma tête. Ce qui me paraissait le plus étrange, c'était que Madame désirait que je lui rapporte sa potion à l'insu de son mari. Ce fait, rapproché de la scène de la nuit précédente, comme aussi de beaucoup d'autres choses que j'avais remarquées ou pressenties, me fit me demander si Madame n'était point lasse de la vie et n'avait pas décidé d'en finir.

Cette idée m'affola à ce point que je pris le pas de course jusqu'au village et m'y laissai tomber à bout de souffle sur une chaise, devant le comptoir du pharmacien. Ce brave homme achevait tout juste d'ôter les volets de sa devanture. Il me regarda avec une telle insistance que mon exaltation tomba.

Monsieur Limmel, dis-je d'un ton qui se voulait indifférent, pourriez-vous jeter un coup d'œil là-dessus et me dire si ça vous paraît régulier ?

Il mit son lorgnon et étudia fort attentivement l'ordonnance.

— Eh bien, dit-il, mais elle est signée du Dr Walton. Qu'est-ce qui vous chiffonne donc tant ?

— Rien, rien !... La potion n'est pas dangereuse à prendre, des fois ?

— Dangereuse ?... Que voulez-vous dire ?

Je l'aurais battu.

— Je veux dire... si quelqu'un forçait la dose... par erreur, bien sûr..., expliquai-je, la gorge serrée.

— Vous voulez rire, ce n'est que de l'eau de chaux. Un nourrisson pourrait en boire une pleine bouteille.

Je poussai un grand soupir de soulagement et me dépêchai d'aller chez M. Ranford. Mais chemin faisant une autre idée me traversa l'esprit : s'il n'y avait rien à cacher de ma visite au pharmacien, n'était-ce pas plutôt mon autre course que Madame désirait demeurer secrète ? Cette idée m'effrayait plus que l'autre encore, bien que les deux hommes semblassent fort amis et que Madame, j'en aurais mis ma tête à couper, n'eût point failli. J'eus honte de mes soupçons, et je les mis sur le compte du trouble où m'avaient jetée les événements de la nuit. Je remis le mot à M. Ranford, courus chercher la potion et regagnai en toute hâte Brympton Place où j'entrai par une porte dérobée, certaine que nul ne m'avait vue.

Une heure plus tard, alors que je portais son petit déjeuner à Madame, je fus arrêtée par M. Brympton dans le vestibule.

– Qu'êtes-vous donc allée faire dehors de si grand matin ? me demanda-t-il méchamment.

– De si grand matin ?... Moi, monsieur ? dis-je en tremblant.

– Allons, allons, s'écria-t-il (et une bouffée de colère empourpra son front), ne vous ai-je point vue, cela fait déjà une bonne heure, vous glisser au travers des bosquets pour rentrer en cachette ?

Je n'ai pas pour habitude de mentir ; mais à cette question, un mensonge me vint tout naturellement à l'esprit.

– Ce n'était pas moi, monsieur, dis-je en le regardant droit dans les yeux.

Il haussa les épaules et fit entendre un rire sardonique.

– Vous pensez que j'étais ivre la nuit dernière, n'est-ce pas ? me demanda-t-il brusquement.

– Non, monsieur, répondis-je, disant cette fois la vérité.

Il me tourna le dos, haussa de nouveau les épaules et s'éloigna.

– Décidément, l'entendis-je maugréer, mes domestiques se font une belle idée de moi !

Ce ne fut seulement que l'après-midi, alors que je m'étais mise à coudre, que je compris vraiment à quel point les événements de la nuit m'avaient secouée. Je ne pouvais passer sans un frisson devant la chambre close. J'étais sûre d'avoir entendu quelqu'un en sortir et se hâter dans le couloir. Je pensai en parler à Mme Blinder ou à M. Wace, les deux seules personnes de la maison à avoir une idée de ce qui s'y passait ; mais j'avais le sentiment que, si je les questionnais, ils nieraient tout et que je pourrais en apprendre bien davantage en tenant ma langue et en ouvrant les yeux. La seule pensée de passer une nouvelle nuit en face de cette chambre me rendait malade, et je fus un instant tentée de faire mes malles et de prendre le premier train pour la ville. Mais il n'était pas dans ma nature d'abandonner de la sorte une aussi gentille maîtresse, et je m'efforçai de continuer à coudre comme si de rien n'était. Il y avait à peine dix minutes que je travaillais quand la machine à coudre se détraqua. C'était une machine que j'avais trouvée dans la maison, une bonne machine, mais qui n'était pas en parfait état de marche : Mme Blinder m'avait dit que personne ne s'en était plus jamais servi depuis la mort d'Emma Saxon. J'essayai de voir ce qui n'allait pas ; et cependant que je me livrais à cet examen, un tiroir que je n'avais encore jamais pu ouvrir glissa de mon côté. Une photographie en tomba. Je la ramassai, m'assis et la regardai, interdite. Elle représentait une femme dont je savais que j'avais déjà vu le visage quelque part et de qui le regard implorant avait déjà croisé le mien. Je me ressouvins brusquement de la grande femme pâle du couloir.

Je me levai, glacée des pieds à la tête, et sortis en courant de ma chambre. Mon cœur me semblait battre la chamade sous mon crâne, et je sentais que je ne pourrais jamais échapper à ce regard. Je me rendis tout droit chez Mme Blinder. Elle était en train de faire sa sieste et sursauta en m'entendant entrer.

– Qui est-ce, madame Blinder ? lui demandai-je en lui montrant la photographie.

Elle se frotta les yeux et regarda, stupéfaite.

– Mais... c'est Emma Saxon ! s'exclama-t-elle. Où avez-vous trouvé ça ?

– Madame Blinder, j'ai déjà vu cette femme ailleurs que sur cette photographie, dis-je en la regardant bien en face.

Mme Blinder se leva d'un bond et s'approcha d'un miroir.

– Mon Dieu ! s'écria-t-elle, je dois avoir dormi. Je suis toute bouffie. Sauvez-vous vite maintenant, chère mademoiselle Hartley, car voilà que quatre heures sonnent, et il faut que je descende tout de suite mettre à cuire le jambon de Virginie pour le dîner de M. Brympton.

Chapitre IV

Au moins en apparence, les choses continuèrent d'aller comme à l'ordinaire durant une semaine ou deux. Sauf que Monsieur restait là, au lieu de repartir au bout de quelques jours comme il en avait l'habitude, et que M. Ranford ne se montrait plus. J'entendis M. Brympton en faire la remarque alors qu'il se trouvait un soir dans la chambre de Madame, juste avant dîner :

– Où est donc passé Ranford ? demanda-t-il. Il y a une bonne semaine qu'on ne l'a plus vu. Ma présence le gênerait-elle par hasard ?

Madame lui répondit si bas que je n'entendis rien de ce qu'elle lui dit.

– Ouais, poursuivit Monsieur, je vois : deux c'est parfait, trois c'est un de trop. Je suis au regret de me trouver en travers du chemin de notre cher Ranford, et j'imagine qu'il me faudra repartir encore d'ici un jour ou deux pour lui laisser la voie libre.

Et il éclata de rire, ravi de sa plaisanterie.

Or M. Ranford revint précisément le lendemain. Le valet de chambre nous dit que Madame et les deux hommes semblaient fort gais quand il leur avait servi le thé dans la bibliothèque, et que Monsieur avait même fait quelques pas dans le parc avec M. Ranford en le raccompagnant.

J'ai dit que les choses continuèrent d'aller comme à l'ordinaire, et c'était vrai pour les autres domestiques. Mais, pour moi, depuis cette nuit où la sonnette avait retenti dans ma chambre, rien ne fut plus jamais comme avant. Nuit après nuit, je demeurais éveillée, guettant le bruit de la sonnette et celui de la porte de la chambre close qui s'ouvrirait furtivement. Mais la sonnette ne se fit plus entendre, pas plus, du reste, que les pas qui se hâtaient dans le couloir. À la longue, le silence finissait par me sembler plus terrifiant encore que les bruits les plus mystérieux. Je sentais que *quelqu'un* se tenait embusqué derrière cette porte fermée, guettant et écoutant comme je le faisais moi-même ; et j'avais presque envie de lui crier : « Qui que vous soyez, sortez, sortez, et laissez-moi vous regarder en face, mais ne restez pas là à m'épier dans les ténèbres ! »

Cela étant, vous devez vous étonner que je n'aie pas donné ma démission. Je fus, une fois, sur le point de le faire, mais quelque chose me retint au dernier moment. Que cela ait été la pitié que m'inspirait Madame, qui avait de plus en plus besoin de moi, ou l'ennui d'avoir à chercher une autre place, ou bien encore quelque autre sentiment que je ne saurais dire, je m'attardais à Brympton Place, comme sous l'effet d'un mauvais charme, bien que chaque nuit m'y fût terrible et les journées à peine meilleures.

Autre chose : l'aspect qu'avait alors Madame m'inquiétait. Elle n'était plus la même depuis cette fameuse nuit, encore qu'à vrai dire je ne le fusse pas davantage. Je pensais qu'elle redeviendrait un peu plus vivante avec le départ de son mari ; mais bien qu'elle parût avoir retrouvé quelque équilibre, ni ses forces ni son entrain ne revinrent. Elle s'était beaucoup attachée à moi, semblait aimer me sentir auprès d'elle, et Agnès me dit un jour que, depuis la mort d'Emma Saxon, j'étais bien la seule femme de chambre à laquelle Madame tenait vraiment. Cela me réconforta quelque peu, car tout ce que je pouvais faire pour l'aider se bornait en réalité à bien peu de chose.

M. Ranford reparut comme par le passé dès le départ de Monsieur, quoique ses visites se fissent plus rares. Il m'arriva de le rencontrer une ou deux fois dans le parc ou bien au village, et je trouvai qu'il y avait quelque chose de changé en lui aussi, mais je mis cela sur le compte de mes imaginations.

Les semaines s'écoulèrent, et cela fit bientôt un mois que M. Brympton était parti. Le bruit courait qu'il faisait, avec un ami, une croisière dans la mer des Antilles. M. Wace nous dit que c'était fort loin, mais que, même en ayant les ailes de la colombe de l'arche, même en fuyant à l'autre bout de la terre, on ne pouvait pas échapper au bras du Tout-Puissant. Agnès ajouta qu'aussi longtemps que Monsieur resterait loin de Brympton Place, le Tout-Puissant pouvait bien se le garder pour lui et que ce serait une bonne chose pour tout le monde. Cela nous fit bien rire, encore que Mme Blinder ait fait mine d'être choquée et que M. Wace nous ait menacés de je ne sais quel châtiment biblique.

Nous étions tous ravis d'apprendre que la mer des Antilles était aussi loin qu'on nous le disait ; et je me souviens qu'en dépit des regards réprobateurs que nous lançait M. Wace, notre dîner de ce soir-là fut des plus joyeux.

Je ne sais si c'était parce que j'étais moins inquiète, mais j'imaginais que Madame allait mieux, et elle me paraissait plus gaie. Certain matin, elle fit même une promenade dans le parc, puis, étant allée s'étendre dans sa chambre après le déjeuner, elle me pria de lui faire la lecture. Quand enfin je regagnai ma propre chambre, je me sentais plus légère, presque heureuse ; et pour la première fois depuis des semaines, je passai devant la porte close sans même y prêter attention. Comme je m'asseyais devant mon ouvrage, je jetai un coup d'œil à la fenêtre et vis qu'il neigeait. Cela était beaucoup plus agréable à regarder que l'incessante pluie que nous avions endurée, et j'imaginai combien le parc et ses arbres dénudés devaient être jolis sous un pareil manteau blanc. Il me semblait que la neige voulait recouvrir, effacer même, toute la tristesse ambiante, tant à l'intérieur qu'au-dehors.

À peine cette idée venait-elle de me traverser l'esprit que j'entendis marcher non loin de moi. Je levai les yeux, pensant que ce devait être Agnès.

– Alors, Agnès ?... dis-je.

Mais ces mots s'étranglèrent dans ma gorge : Emma Saxon se tenait debout dans l'embrasure de la porte.

Je n'aurais su dire depuis combien de temps elle se trouvait là. Je savais seulement que j'étais incapable de faire le moindre mouvement et que je ne pouvais pas ne point la regarder. Plus tard, je fus terriblement effrayée, mais là, sur le moment, ce n'était pas de la peur mais bien plutôt une sorte de profonde quiétude que je ressentais. Elle me regarda longtemps, longtemps, son visage n'étant rien qu'une muette imploration. Mais que pouvais-je faire pour elle ?... Brusquement, elle fit demi-tour, et je l'entendis s'éloigner au long du couloir. Cette fois, je n'eus pas peur de la suivre ; d'autant que quelque chose me disait qu'il fallait absolument que je sache ce qu'elle me voulait. Je me levai vivement et sortis en courant. Elle était déjà à l'autre bout du couloir, et je pensai qu'elle allait se diriger vers la chambre de Madame ; mais elle poussa la porte qui donnait sur l'escalier des domestiques. Je le descendis à sa suite et traversai avec elle le couloir qui menait à l'entrée de service. La cuisine et l'office étaient déserts, les domestiques n'étant pas de service à cette heure-là, à l'exception du valet de chambre qui avait à faire dans la dépense. Emma Saxon se tint un instant immobile près de la porte, me regardant de nouveau, puis elle en tourna la poignée et sortit. J'eus une minute d'hésitation. Où voulait-elle donc me mener ? La porte s'était refermée doucement derrière elle ; je la rouvris et jetai un coup d'œil au-dehors, espérant sans trop me l'avouer qu'elle aurait disparu. Mais je la vis qui achevait de traverser la cour et se dirigeait hâtivement vers un petit chemin qui s'enfonçait dans le sous-bois. Sa silhouette solitaire se découpait sombrement sur la neige, et le cœur me manqua. Durant une seconde, je fus presque tentée de retourner sur mes pas. Mais, dans le même temps, une force irrésistible me poussait à la suivre. Alors, prenant un vieux châle de Mme Blinder qui se trouvait là, je sortis à mon tour.

Emma Saxon avait maintenant atteint le petit chemin. Elle marchait d'un bon pas, et je la suivis à la même allure jusqu'à la grille du parc que nous franchîmes. Une fois sur la route, elle prit à travers champs la direction du village. La terre était alors recouverte de neige ; et cependant qu'elle gravissait le versant dénudé d'une colline, je remarquai qu'elle ne laissait aucune empreinte de pas derrière elle. À cette vue, je manquai défaillir et mes genoux furent bien près de se dérober sous moi. Je ne saurais dire pourquoi, mais cette femme, là, en plein air, semblait plus effrayante encore qu'à la maison. Sa seule présence faisait que cette campagne réapparaissait aussi désolée qu'un tombeau ; d'autant que nous étions absolument seules en cette immensité, sans personne qui pût m'être de quelque secours.

J'essayai une fois de m'enfuir ; mais elle se retourna, me regarda, et ce fut comme si elle m'avait traînée derrière elle au bout d'une corde. Je la suivis dès lors comme un chien. Nous arrivâmes enfin au village et, dépassant l'église, la forge du maréchal-ferrant, elle me mena jusqu'à la barrière du jardin qui précédait la maison de M. Ranford. C'était un bâtiment à l'ancienne mode et qui se trouvait près de la route. Une allée dallée, bordée de buis, présentement déserte, aboutissait à sa porte. Comme je m'y engageais, je vis qu'Emma Saxon s'était arrêtée sous un vieil orme près de la barrière. Alors une nouvelle crainte m'envahit. Je compris que nous étions arrivées à destination, et que c'était maintenant à mon tour d'agir. Durant tout le temps que nous faisions route vers le village, je n'avais cessé de me demander ce qu'elle attendait de moi, mais je l'avais suivie comme en état de transe ; et ce ne fut seulement qu'en la voyant s'arrêter devant la barrière du jardin de M. Ranford que je commençai à comprendre. Je me tenais debout dans la neige, à quelques pas d'elle, le cœur battant à se rompre, les pieds glacés, et elle ne me quittait pas de l'œil, me surveillait, sans bouger de dessous l'orme.

Je savais fort bien qu'elle ne m'avait pas amenée là sans raison. Je sentais qu'il y avait quelque chose que je devais dire ou faire, – mais comment aurais-je pu deviner de quoi il s'agissait ? Je n'avais jamais pensé à mal pour ce qui était de ma maîtresse et de M. Ranford ; mais maintenant j'étais tout de même sûre que, pour quelque obscure raison, un terrible danger les menaçait. *Elle* savait ce que c'était, et elle me l'aurait dit si elle l'avait pu ; peut-être qu'elle me le dirait si je le lui demandais.

Je me sentais défaillir à la seule idée de lui adresser la parole, mais je fis un effort sur moi-même et me rapprochai d'elle. Ce fut alors que j'entendis s'ouvrir la porte de la maison et que je vis M. Ranford venir vers moi. Il me sembla très beau, et aussi gai que Madame m'avait paru l'être ce matin-là. Sa vue me réchauffa le cœur.

– Eh bien, Alice, dit-il, quel bon vent vous amène ? Je vous ai vue commencer à descendre l'allée, et puis plus rien... Alors, je suis sorti pour voir si vous n'aviez pas pris racine dans la neige, par hasard.

Il s'interrompit, me dévisagea et me demanda :

– Que regardez-vous donc comme ça ?

Je m'étais tournée vers l'orme tandis qu'il parlait, et son regard avait suivi le mien, mais il n'y avait plus personne. Plus personne, aussi loin que le regard pouvait porter.

Un sentiment d'impuissance me submergea. Ainsi, elle était partie, et je n'avais pas été capable de deviner ce qu'elle me voulait ! Son dernier regard m'avait percé jusqu'à la moelle, et il ne m'avait pourtant rien dit. Brusquement, je me sentis bien plus désemparée que lorsqu'elle était là et me surveillait. C'était un peu comme si elle m'avait laissé porter seule tout le poids d'un secret que je ne pouvais deviner. La neige recommença de tomber. Elle tourbillonnait autour de moi, et je perdis connaissance.

Un cordial et la bonne chaleur du feu de M. Ranford eurent tôt fait de me rendre mes esprits, et, j'insistai pour que l'on me reconduisît au plutôt à Brympton Place. Il faisait déjà presque nuit, et je craignais que Madame ne m'eût réclamée. J'expliquai à M. Ranford que j'étais sortie faire une promenade et que j'avais eu un étourdissement tandis que je passais sa barrière. C'était la vérité, et je ne me sentis pourtant jamais aussi menteuse qu'en disant cela.

Cependant que je l'habillais pour le dîner, Madame remarqua que j'avais mauvaise mine et me demanda ce qui n'allait pas. Je lui dis que j'avais mal à la tête ; et elle me recommanda d'aller me coucher, m'assurant qu'elle n'aurait plus besoin de moi ce soir-là.

Le fait est que je pouvais à peine me tenir debout, et pourtant l'idée de passer la soirée et la nuit toute seule dans ma chambre ne me disait rien qui vaille. J'allai donc m'asseoir à l'office, et j'y demeurai aussi longtemps que je pus résister au sommeil ; mais vers neuf heures je me décidai à gagner ma chambre sans trop me soucier de ce qui pourrait bien m'y arriver, pourvu que je puisse poser ma tête sur un oreiller. Les autres domestiques ne tardèrent pas à monter se coucher à leur tour. Le service étant beaucoup moins absorbant durant les absences de M. Brympton, dix heures n'avaient pas encore sonné que j'entendis se refermer la porte de Mme Blinder et, bientôt après, celle de M. Wace.

La nuit était très calme, la terre semblait s'être assoupie sous la neige. Une fois couchée, je me sentis mieux, plus tranquille ; et je me surpris à épier ces bruits étranges qui s'entendent, à la nuit, dans les maisons endormies. J'eus un instant l'impression qu'une porte s'ouvrait et se refermait au rez-de-chaussée. Peut-être était-ce celle, vitrée, qui donnait sur le parc. Je me levai et regardai par la fenêtre ; mais il n'y avait pas de lune, et je ne pus rien voir que des traînées de neige plaquées contre les vitres.

Je regagnai mon lit ; et j'ai sûrement dû m'endormir un peu, car je me suis réveillée en sursaut en entendant ma sonnette sonner frénétiquement. Je sautai à bas de mon lit et empoignai mes vêtements avant même d'avoir complètement recouvré mes esprits. *C'est pour cette nuit,* m'entendis-je dire à haute voix, mais je n'avais pas la moindre idée de ce que cela pouvait bien vouloir signifier. Mes mains étaient moites, ne m'obéissaient plus, et je crus que je parviendrais jamais à m'habiller. J'ouvris enfin ma porte et jetai un coup d'œil dans le couloir. Aussi loin que portait la lueur de ma bougie, je ne remarquai rien d'anormal. Alors je me précipitai dans le couloir, oppressée ; mais à l'instant que je poussais la porte capitonnée qui donnait sur le palier, mon cœur cessa de battre : Emma Saxon était là, au haut de l'escalier, scrutait d'un air effrayant les ténèbres de l'étage du dessous.

Durant une seconde, il me fut impossible de bouger ; mais ma main glissa le long de la porte et celle-ci se referma, me cachant la terrible silhouette. Au même instant, je perçus un bruit furtif et qui venait du rez-de-chaussée : on eût dit que quelqu'un tournait doucement une clef dans une serrure. Je courus à la porte de la chambre de Madame, et je frappai.

On ne me répondit point, et je frappai de nouveau. Cette fois j'entendis que l'on bougeait dans la chambre ; le verrou fut tiré, et Madame parut sur le pas de la porte. Je remarquai avec surprise qu'elle ne s'était pas déshabillée pour la nuit. Elle sursauta en me voyant.

— Que se passe-t-il, Alice ? me demanda-t-elle dans un murmure. Vous êtes souffrante ? Que faites-vous ici à pareille heure ?

— Je ne suis pas malade, Madame ; mais ma sonnette a sonné. À ces mots, elle pâlit d'un coup et me parut sur le point de défaillir.

— Vous vous êtes trompée, me dit-elle durement. Je n'ai pas sonné. Vous devez avoir rêvé (Elle ne m'avait jamais parlé sur ce ton-là). Retournez vous coucher, ajouta-t-elle en refermant la porte sur moi.
Mais tandis qu'elle parlait, j'entendis de nouveau du bruit au rez-de-chaussée, dans le vestibule : des pas d'homme cette fois. Alors la vérité se fit jour dans mon esprit.

— Madame, dis-je en forçant presque sa porte, il y a quelqu'un dans la maison...

— Quelqu'un ?...

— M. Brympton, je pense... Je l'entends marcher en bas...

Elle me lança un regard terrible et, sans un mot, s'écroula à mes pieds. Je m'agenouillai aussitôt pour essayer de la relever : mais à la façon dont elle respirait, je vis bien qu'il ne s'agissait pas d'un évanouissement ordinaire. Comme je lui relevai la tête, j'entendis qu'on montait précipitamment l'escalier et qu'on traversait le palier à la hâte : la porte s'ouvrit brusquement, et M. Brympton parut en tenue de voyage, tout dégouttant de neige. En me voyant agenouillée devant Madame, il sursauta et eut un mouvement de recul.

– Que diable faites-vous donc là ? cria-t-il.

Il était moins rouge que d'habitude, mais son front s'empourpra soudainement.

Madame vient de s'évanouir, Monsieur, répondis-je.

Il se mit à rire, convulsivement, et m'écarta d'un geste.

– Dommage qu'elle n'ait pas choisi un meilleur moment. Je suis au regret de devoir la déranger, mais...

Je me relevai horrifiée.

– Monsieur, dis-je, vous n'êtes pas fou ? Qu'allez-vous faire ?

– Je vais voir un ami, répondit-il en ayant l'air de se diriger vers le cabinet de toilette.

À ces mots, je pris mon courage à deux mains. Je ne savais trop ce que je pensais ni ce que je craignais, mais je me précipitai sur lui et l'attrapai par la manche.

– Monsieur, Monsieur, m'écriai-je, par pitié, regardez votre femme !

Il me repoussa furieusement.

– Maintenant, dit-il, tout est fini pour moi.

Et il empoigna le bouton de la porte du cabinet de toilette. Au même instant, je perçus un faible bruit de l'autre côté du battant. Pour aussi faible qu'il ait été il ne lui échappa pas, et il ouvrit la porte toute grande ; mais il bondit en arrière. Emma Saxon se tenait debout sur le seuil. Derrière elle, tout était sombre ; mais je la vis distinctement, aussi distinctement qu'il l'avait vue lui-même. Il enfouit son visage dans ses mains comme pour le lui cacher ; et quand je gardai de nouveau vers le cabinet de toilette, elle avait disparu.

M. Brympton demeura immobile, comme si toute force l'avait abandonnée Le silence était oppressant, et ce fut alors que Madame se releva soudainement d'elle-même, en rouvrant les yeux. Elle regarda fixement son mari, puis retomba comme une masse. Et je vis la mort voleter au-dessus d'elle...

On l'enterra trois jours plus tard, sous une tempête de neige. Il n'y avait pas grand monde à l'église, car il faisait trop mauvais temps pour qu'on se risquât à venir de la ville, et j'avais au surplus le sentiment que Madame était de ces femmes qui n'ont guère de vrais amis. M. Ranford arriva parmi les derniers, juste avant qu'on emportât le cercueil dans l'un des bas-côtés. Il était en noir, bien sûr, en tant que grand ami de la famille, et je n'avais jamais vu quelqu'un d'aussi pâle. Comme il passait près de moi, je remarquai qu'il marchait en s'appuyant sur une canne. J'imagine que M. Brympton le remarqua également, car son front s'empourpra, et il ne quitta plus M. Ranford des yeux de tout le service funèbre, au lieu de suivre les prières comme un veuf vraiment affligé l'aurait dû faire.

Quand tout fut fini et que nous allâmes au cimetière, nous vîmes que M. Ranford avait disparu. Dès que le corps de ma pauvre maîtresse fut descendu en terre, M. Brympton sauta dans une voiture qui l'attendait à l'entrée du champ de repos et s'éloigna à vive allure, sans saluer personne. Je l'entendis crier au cocher : « À la gare ! » puis nous autres, les domestiques, rentrâmes seuls à la maison.